LEBENSWORTE

Aus aller Welt

Claudia J. Schulze & Vita Tucaite

Herstellung und Verlag: BoD – Books on Demand, Norderstedt,
ISBN: 9783755792130
© Claudia J.Schulze (Hrsg); Bilder:Claudia J.Schulze und Vita
Tucaite,2022

Selig sind, die Frieden stiften (Matthäus 5,9) -

Die Gnade des Herrn Jesus Christus sei mit Eurem Geist!
(Philipper 3, 24)

Die Verständigen werden leuchten wie des Himmels Glanz, und
die viele zur Gerechtigkeit weisen, wie die Sterne immer und
ewiglich.
(Daniel 12,3)

Denn wes das Herz voll ist, des geht der Mund über.
(Lukas 6, 45)

Wer im Finstern wandelt und wem kein Licht scheint, der hoffe
auf den Namen des Herrn!
(Jesaja 50,10)

In Gottes Hand ist die Seele von allem, was lebt.
(Hiob 12,10)

Du wirst ferne sein von Bedrückung, denn du brauchst dich nicht zu fürchten, und von Schrecken, denn er soll dir nicht nahen.
(Jesaja 54,14)

Bei dir finden die Verwaisten Erbarmen.
(Hosea 14,4)

Meine Zeit steht in deinen Händen.
(Psalm 31,16)

Ich bin ein Gast auf Erden.
(Psalm 119,19)

Der HERR ist mein Teil, spricht meine Seele; darum will ich auf
ihn hoffen. (Klagelieder 3,24)

Fürchte dich nicht, denn ich habe dich erlöst; ich habe dich bei deinem Namen gerufen; du bist mein!
(Jesaja 43,1)

Und muss ich auch durchs finstere Tal - ich fürchte kein Unheil!
Du Gott, bist ja bei mir; du schützt mich und du führst mich,
das macht mir Mut! (Psalmen, 23, 4)

Denn er befiehlt seinen Engeln, dich zu beschützen, wo immer du gehst. Auf Händen tragen sie dich, damit du deinen Fuß nicht an einen Stein stößt. (Psalmen, 91, 11 – 12)

Lehre uns bedenken, dass wir sterben müssen, auf dass wir klug werden. (Psalmen, 90, 12)

Welcher Mensch ist unter euch, der hundert Schafe hat und, wenn er eines von ihnen verliert, nicht die neunundneunzig in der Wüste lässt und geht dem verlorenen nach, bis er's findet? (Lukas 15,4)

Wenn du den Hungrigen dein Herz finden lässt und den Elenden sättigst, dann wird dein Licht in der Finsternis aufgehen.
(Jesaja 58,10)

Freut euch, dass eure Namen im Himmel geschrieben sind.
(Lukas 10,20)

Der Tag des HERRN kommt und ist nahe. (Joel 2,1)

Deine Augen sahen mich, da ich noch nicht bereitet war, und alle Tage waren in dein Buch geschrieben, die noch werden sollten.
(Psalm 139,16)

Als meine Seele in mir verzagte, gedachte ich an den HERRN, und mein Gebet kam zu dir.

(Jona 2,8)

Der Herr segne dich und behüte dich; der Herr lasse sein Angesicht leuchten über dir und sei dir gnädig; der Herr hebe sein Angesicht über dich und gebe dir Frieden.
(4 Mose 6,24-26)

Selig sind, die Frieden stiften;
denn sie werden Gottes Kinder heißen.

(Matthäus 5,9)

Es gibt ein Ziel, tief inmitten aller weltlichen Sorgen und Nöte. (Buddha)

Rūmī (* 30. September 1207 in Balch, heute Afghanistan; † 17. Dezember 1273 in Konya, Türkei) war ein persischer Sufi-Mystiker, Gelehrter und Dichter des Mittelalters.

Am Ende ist ein Mensch alles müde, nur des Herzens Verlangen und der Seele Wanderung nicht. (Rumi)

Du fragst nach einer Rose – lauf` vor den Dornen nicht davon.
Du fragst nach dem Geliebten – lauf` vor dir selbst nicht davon.
(Rumi)

Hitze und Kälte, Kummer und Schmerz, Schrecken und Schwäche an Besitz und Körper - dies alles zusammen bürdet uns die erhabene Weisheit auf, damit ans Tageslicht kommt, aus welchem Stoff unser Innerstes gemacht ist. (Rumi)

Du hast eine Aufgabe zu erfüllen. Du magst tun was du willst, magst hunderte von Plänen verwirklichen, magst ohne Unterbrechung tätig sein – wenn du aber diese eine Aufgabe nicht erfüllst, wird alle deine Zeit vergeudet sein. (Rumi)

Laß den Himmel sich auf der Erde widerspiegeln, auf daß die Erde zum Himmel werden möge. (Rumi)

Wer Gott liebt, hat keine Religion außer Gott. (Rumi)

Jedes Gebet hat einen Klang und eine körperliche Gestalt. (Rumi)

Das Wort, das aus der Seele kommt,
das setzt sich ganz bestimmt ins Herz! (Rumi)

Ich starb als Stein und entstand als Pflanze
Ich starb als Pflanze und entstand als Tier
Ich starb als Tier und ward geboren als Mensch
Weshalb sollte ich mich fürchten?
Was habe ich durch den Tod verloren? (Rumi)

Dies ist der Liebenden Rat; laß ihn das Herz dir berühren:
Liebe schweigend, denn still sagt ihr Geheimstes die Welt.
(Rumi)

Ohne die Liebe ist jedes Opfer Last, jede Musik
nur Geräusch, und jeder Tanz macht Mühe. (Rumi)

Es gibt eine Vollkommenheit tief inmitten alles Unzulänglichen.
Es gibt eine Stille, tief inmitten aller Ratlosigkeit. (Rumi)

Du bist kein Tropfen im Ozean, Du bist ein gesamter Ozean in einem Tropfen. (Rumi)

Der Sufi öffnet seine Hand dem All, um ungebunden zu verschenken, jeden Augenblick. (Rumi)

Deine Schmerzen sind Boten – höre auf sie. (Rumi)

Jenseits der Vorstellungen von Richtig und Falsch liegt ein Ort. Dort werde ich Dich treffen. (Rumi)

Eine Wunde ist ein Ort, über den das Licht in Dich eindringt.
(Rumi)

28. Februar 1040 - 13. Juli 1105 Schlomo Jizchaki, auch Schlomo ben Jizchak, Schelomo ben Isaak, Salomo ben Isaak oder Rabbi Schlomo Jizchaki, meist jedoch Raschi genannt, ein Akronym für Rabbi Schlomo ben Jizchak war ein französischer Rabbiner.

Nackt kam der Mensch auf diese Welt und nackt wird er sie verlassen. Nach allem was gesagt oder getan ist geht er um nur die guten Taten seines Lebens zu hinterlassen. (Rashi)

Empfange mit Einfachheit alles was Dir widerfährt. (Rashi)

Die Welt existiert um der Freundlichkeit Willen (Rashi)

Obgleich die Religion uns trennt, vereint uns die Güte (Rashi)

Solange der Mensch lebt, hat er Hoffnung. *Talmud Jeruschalmi Berachot 89*

Sucht den HERRN, solange er zu finden ist; ruft ihn an, solange er nahe ist.
(Jesaja 55,6)

HERR, sei du mit mir um deines Namens willen; denn deine Gnade ist mein Trost: Errette mich! (Psalm 109,21)

Der Menschensohn ist gekommen, zu suchen und selig zu machen, was verloren ist.
(Lukas 19,10)

Der HERR hat mich gesandt, zu trösten alle Trauernden.
(Jesaja 61,1.2)

Ihr werdet mit Freuden Wasser schöpfen aus den Brunnen des Heils.
(Jesaja 12,3)

Werft euer Vertrauen nicht weg, welches eine große
Belohnung hat.
(Hebräer 10,35)

Alles, was Gott tut, das besteht für ewig; man kann nichts
dazutun noch wegtun.
(Prediger 3,14)

Siehe, auch jetzt noch ist mein Zeuge im Himmel, und mein Fürsprecher ist in der Höhe.
(Hiob 16,19)

Ich bin bei euch alle Tage bis an der Welt Ende.
(Matthäus 28,20)

Leben wir, so leben wir dem Herrn; sterben wir, so sterben wir dem Herrn. Darum: wir leben oder sterben, so sind wir des Herrn.
(Römer 14,8)

Ich will euch nicht als Waisen zurücklassen; ich komme zu euch. Denn ich lebe, und ihr sollt auch leben.
(Johannes 14,18.19)

Ihr, meine Lieben, baut euer Leben auf eurem allerheiligsten Glauben und betet im Heiligen Geist und bewahrt euch in der Liebe Gottes und wartet auf die Barmherzigkeit unseres Herrn Jesus Christus zum ewigen Leben.
(Judas 1,20-21)

Jesus Christus spricht: Wer zu mir kommt, den werde ich nicht abweisen.
(Johannes 6,37)

Er wird dich mit seinen Fittichen decken, und Zuflucht wirst du
haben unter seinen Flügeln.
Psalm 91,4

Es ist der Glaube eine feste Zuversicht dessen, was man hofft, und ein Nichtzweifeln an dem, was man nicht sieht. (Hebräer 11,1)

Lasst uns unser Herz samt den Händen aufheben zu Gott im Himmel!
(Klagelieder 3,41)

Ich will euch trösten, wie einen seine Mutter tröstet.
(Jesaja 66,13)

Wer bittet, empfängt; wer sucht, der findet; wer anklopft, dem
wird aufgetan.
Lukas 11,10

Selig sind die Barmherzigen; denn sie werden Barmherzigkeit
erlangen. Matthäus 5,7

Spräche ich: Finsternis möge mich decken und Nacht statt Licht um mich sein, so wäre auch Finsternis nicht finster bei dir, und die Nacht leuchtete wie der Tag.
Psalm 139,11-12

Er wird dich mit seinen Fittichen decken, und Zuflucht wirst du haben unter seinen Flügeln.
Psalm 91,4

Der Friede Gottes, der höher ist als alle Vernunft, wird eure Herzen und Sinne bewahren in Christus Jesus.
Philipper 4,7

Ist die Wurzel heilig, so sind auch die Zweige heilig.
Römer 11,16

An dieser Stelle möchte ich eigene Worte einfügen. Anstatt eines Nachworts

Behandelt die Erde gut – Ihr werdet zurückkommen.

Die Nacht weiß zum Glück sich zu verstecken. Und nur denen, die sie brauchen offenbart sie sich ab und zu.

Die Zeit heilt keine Wunden – wie könnte sie, da doch die Zeit selbst die Wunde ist.

Doch gibt es ETWAS, das weit über sie hinausweist. Weit.

(Claudia J. Schulze)

Die stete und feste Besinnung auf die prinzipielle Eingebundenheit des Menschen in etwas Größeres, etwas über ihn Hinausreichendes, ist eine weitere starke und stärkende Kraft.

Die regelmäßige Besinnung auf die unbedingte Würde des Menschen ist die größte ihm eigene individuelle und kollektive Kraftquelle.

(Claudia J. Schulze)

Sterben heißt das Leben teilen. (CJS)

„Es ist nämlich einfach so", hatte Mia, Lukas´ beste Freundin, einmal gesagt, „du brauchst etwas, das dich daran erinnert an mich zu denken. Immer wenn du den Wind hörst oder Musik, oder immer, wenn du- wer weiß? - den Geruch von frischem Gras wahrnimmst, dann weißt du, dass ich da bin. Es erinnert dich an mich, verstehst du? Auch wenn ich gar nicht weg bin. Sogar wenn ich neben dir sitze. Du kannst laut Mia sagen, oder leise. Es reicht auch, wenn du es nur denkst. Überhaupt ist das so mit den Gedanken. Sie fliegen mit dir dorthin wo du möchtest." Man musste das Denken befreien. *Man musste sich selbst davon befreien wie man dachte und über das, was man gedacht hat, hinausdenken. Das ist leichter als es sich anhört. Man braucht nur eine gewisse Übung. Wenn man diese hat, dann fällt man nicht mehr aus dem Bild heraus. Dann bleibt man im Bild, und der Rahmen drum herum löst sich auf. Das wiederum ist aber nicht schlimm, denn man steht ja fest im eigenen Bild, im eigenen Leben. Von dieser Sicherheit aus können die Gedanken dann wandern. Sie können sich verändern.*

Meine Großmutter hat mir so viele Bücher geschenkt, dass mein Regal nicht mehr ausreichte. Unter meinem Bett hatte ich daher eigens eine riesige, ausgesucht feine Bücherreserve angelegt. Es blieb kein bisschen Platz frei, so eng stapelte ich die Bücher unter der Matratze.

Das Gute daran wiederum war, dass ich seither vor dem Zubettgehen nicht mehr, wie sonst, minutenlang und regelmäßig nach Gespenstern suchte.

Vor der Sache mit den Büchern hatte ich diese nämlich immer unter meinem Bett vermutet. Und die Bücher hatten sie nun einfach vertrieben.

Ich denke mal, dass das nicht nur wegen des mangelnden Platzes war. Bücher sind nämlich immer stärker als Gespenster. Das ist sozusagen ein Gesetz.

Auszug aus: „Vogelfrei- Wie ich das Jahr 1945 überlebte"

Mit der Geschichte des stummen Soldaten möchte ich dieses kleine Buch beenden.

Mich einzumischen, es war nichts Anderes gewesen als ein weiterer Mosaikstein, der mich selbst am Leben erhielt.
Wie ich mich damals fühlte, spiegelt die Begegnung mit dem *„stummen Soldaten"* wieder. Eines Tages brachte die polnische Polizei einen ausgemergelten Gefangenen zu uns in die

Kommandantur. Er trug noch immer eine deutsche Uniform.

Vielleicht hatte er sie gefunden und angezogen, weil er nichts Anderes mehr besaß. Man hatte ihn im Wald aufgegriffen. Er redete kein einziges Wort mit uns. Wir sprachen ihn in drei unterschiedlichen Sprachen an, doch er reagierte auf keine davon. Es schien so, als sei er der menschlichen Sprache, den Menschen selbst überdrüssig geworden - und das war etwas, das wir alle verstanden zu jener Zeit.

Wir wussten nicht, ob er ein Russe war, ein Pole oder ein Deutscher. Er war einfach ein Mensch, dem Dinge widerfahren sein mussten, die ihn nun daran hinderten auch nur noch ein einziges Wort zu sprechen.

Von allen, auch von den Russen, wurde er, so als wäre er ein Spiegel unserer selbst, mit aller größter Rücksicht und Freundlichkeit behandelt.

Sein Schweigen hatte begonnen uns zu verbinden.

Das, was der Krieg getrennt hatte, wurde durch sein Schweigen vereint. Sein Schweigen erzählte uns von all dem, was wehtat.

Er warf uns auf die Wurzeln unseres Menschseins zurück.

Auf die Wurzeln und auf die Kronen. So kam es mir vor. Auf die Baumkronen ebenfalls.

Ich musste an die im Wind leise rauschenden Bäume Birkenbruchs denken. Der stumme Soldat wurde für mich zu einem Vogel, dem es gelungen war zu entkommen.

So saß er nun in der Baumkrone, doch musste er bemerken, dass er nicht mehr singen konnte.

Ein stummer Vogel, erstarrt vor Schreck über den Menschen.

Der stumme Soldat, er fehlte mir sehr, als er schließlich, nach einiger, Zeit wieder von Netztal weggebracht wurde.

Man kann einem Menschen auf vielerlei Arten das Leben nehmen. Auf ebenso viele Arten jedoch kann man es ihm jedoch auch zurückschenken.

Studium der *Literaturwissenschaften*, *Psychologie, Kognitionswissenschaften* und *Philosophie* in Freiburg, Zürich, Karlsruhe und Konstanz. Abschluss in Pädagogischer Psychologie mit Literatur-Didaktik, Promotion in Freiburg.

Arbeit an diesem Buch für die Bärbel Schulze Stiftung gemeinsam mit der Dozentin für Sprachen und Photographin, Vita, Tucaite aus Vilnius/ Litauen (siehe Bild unten).

Mein großer Dank, insbesondere auch im Namen der Bärbel Schulze Stiftung für therapeutisches Lesen und Schreiben, gilt **Vita Tucaite**.

Labai ačiū, brangiOji Vita!
Tegul Dievas visada tave saugo.

60